わたしをひびかせて

藤井かなめ詩集

竹林館

詩集　わたしをひびかせて　目次

第一章

第二章

第三章

わたしをひびかせて

第一章

雪晴れの朝

門柱も
植え込みも
庭先の三輪車も
みんな白い夢をみて
ねむっている

淡雪の
わたぼうしの下で
梅のつぼみが
ひとり

目ざめようとしていた
おはよう
まぶたを　そっとあけて
一輪が
まぶしそうに
ほほえんだ

雪晴れの空に
ひかりの春の
やさしい　まなざし

いぬのふぐり

夕暮れの
さえざえと　深みゆく
中天に
青く凍りつく　星たち

朝まだき
明けなずむ　夜のとばりを
露となって
つたいおりたのか

やわらかな　陽ざしの
けさ
銀色の　霜柱のかたわらに
てんてんと
散らばっている
るり色の　小さなかけら

ざぜんそう

つらいことも
かなしいことも　しのんで
花になりました

はなやかさも
かぐわしさも無縁です
でも　こみあげてくる
このよろこび

熱いときめきが

雪どけ水をさそい
身もこころも　すすがれて
背をさする　そよかぜに
頭をたれ
肩をいだく木もれ日に
手をあわせ

山ふところの
木立ちのなか
静けさの深みにやすらぐ
祈りの花

ゆきやなぎ

花冷えも
ふりかかる
花粉や　汚染も
つもる　うれいも
うっぷんも
みんな
いっきに　ふきあげた

風をゆすり
空に　こだまする
まっ白の　さけび

ねむの花

雨がやんで
山あいを
もやが　立ちのぼっていく

雲が　流れる

川のほとりで
けむっていた
ねむの木が　くっきりと
すがたを　見せはじめた

枝々に
むれ咲いている
うすくれないの花
つゆの晴れ間を
さわやかに
夢ほころばせて
あでやかに

その風にゆれる
花かげで
夏が　まどろんでいる

つりふねそう

みずべに　さいた
つりふねそう
みなもを　のぞく
はなのかげ

ひいらり
ちょうが
さそってる
こかげの　ながれで
ふなあそび

ゆうらり
いわなが
まねいてる
たにまの　かぜと
かわくだり

さわの　せせらぎ
つりふねそう
ゆれて　ながれる
なつのかげ

ききょう

風に　ふわり
ふうせんになって
つぼみたちは　とんだ
夜の空を
夢をふくらませて
どこまでも

めざめて　いま
朝の空を　見上げている
ゆうべ

お星さまと
はなしたことは
花びらを　ひらくたびに
ひかりのなかに
はじけて

風に
そより
むらさきの
夢がうかんでいる

ゆうすげ

―ゆうすげの　花は
ゆうひの　申し子
ゆうべに　かがやき
あしたに　はかなし

ゆうすげは
ゆうひが
あこがれ
ゆうひの　しぶきあび
ゆうひの　とおる

高原に
ゆうべの　ときを
咲いている

ゆうすげは
ゆうひが
いきがい
ゆうひの　かげをうつし
ゆうひの　しずむ
やまのかなた
めぐる　あしたに
おもいを　はせる

——伊吹山にて

先客

山あいの
野天ぶろ
かけ流しの
湯けむりに
ゆらぐ風
月が
ゆなゆな
うたたねしている

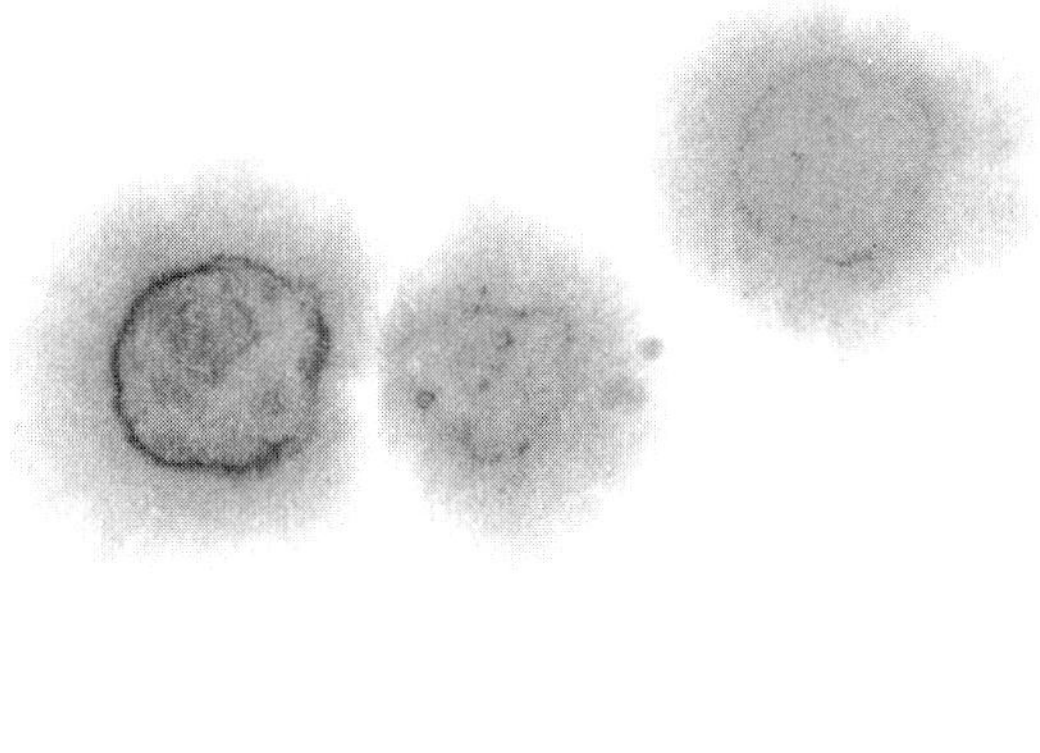

ぬけみち

やまゆりの花が
ゆれるともなく
ゆれて

とおるともなく
とおりすぎる
風

純白のかおりが
そのあとを

木立のなかの
だれもしらない
みち

第二章

流氷

風のまに
潮路のままに
北のさいはてから
旅をつづけて
いま
知床の海に
せめぎあい
しのぎあい
野太い咆哮をあげる

きのうと今日の　さかいも

今日から明日への　つながりも
氷のなかに　とざしたまま
岸にせまり　沖へ遠ざかり

しばれる朝は
さざ波までも
灰色に　おおいつくし
氷点の　やわらぐ午後は
こんなにも
さまざまなブルーに

やがて　夕陽の
やさしい　まなざしをうけて
オレンジ色に　染まる

雪灯篭

かやぶきの家々が
雪におおわれた　北国の宿場町

道の両側に
町の若者たちが
雪をかため　削りだした
手づくりの　灯篭がならぶ

雪まつりの
暮れゆく　町並みに
灯かげが　ゆらめき
道ゆく　ひとの声が
軒のつららに

さえざえと　ひびく

まつりの終わったあとも
雪灯篭は
町の人々や　旅人たちのこころに
あかりを　ともしつづける

やがて
角々が　まるくとけ始めた灯篭
若者たちが
取りこわしている　そのそばに
そっと
春が　たたずんでいる

――会津・大内宿にて

お水送り

水は
若狭のお香水《こうずい》は
地の下を流れ行く

さわさわさわと
鵜の瀬の流れに注がれて
名残りの雪に送られて
天平の　むかしのままに
大和の国へ

土のなかで
芽吹きを待つ　草花の
目ざめ間近の　虫たちの
いのちの息吹に　ふれながら

さわさわさわと
ひとびとの　こころに流れ
やがて
二月堂のほとりに
春が　とどく

＊鵜の瀬＝小浜・遠敷川《おにゅうがわ》の上流にある。
神宮寺の湧水（お香水）を注ぎ、東大寺二月堂お水取りに向けての送水神事がおこなわれる。

くろゆり

北のさいはて
見わたすかぎりの
原野のただなかに
ひと知れず
よりそうように　咲いている

うつむいて
暗いかげをにじませて
さぞ　つらいことがあったのだろう

ながい冬
吹きすさぶ風雪に
さらされた　明け暮れ

先住民の
悲しいさけびを聞いた　遠い日々

でも
花びらのなかから
きらり
金色のしべ

この原野が　好きだ
星のとぶ　たそがれ
ここに咲くのが
母さんも咲いていた　ここに
と

——サロベツ原野にて

エンジェル・ロード

月が　のぼる
海が　きらめき
波が　ゆらめき
うねりの下から
砂地が
あらわれ

ひとすじの　道となって
向かいの小島に
つながっていく

天使の散歩道といわれる
その道を
いま
新しいあしあとをきざみ
手をつないだ　シルエットが
みどりに　おおわれた
小島へと
遠ざかっていく

星が　またたいている
満ち足りた
ふたりの明日へ
海は　音もなく
砂の道は　ほの白く

――小豆島にて

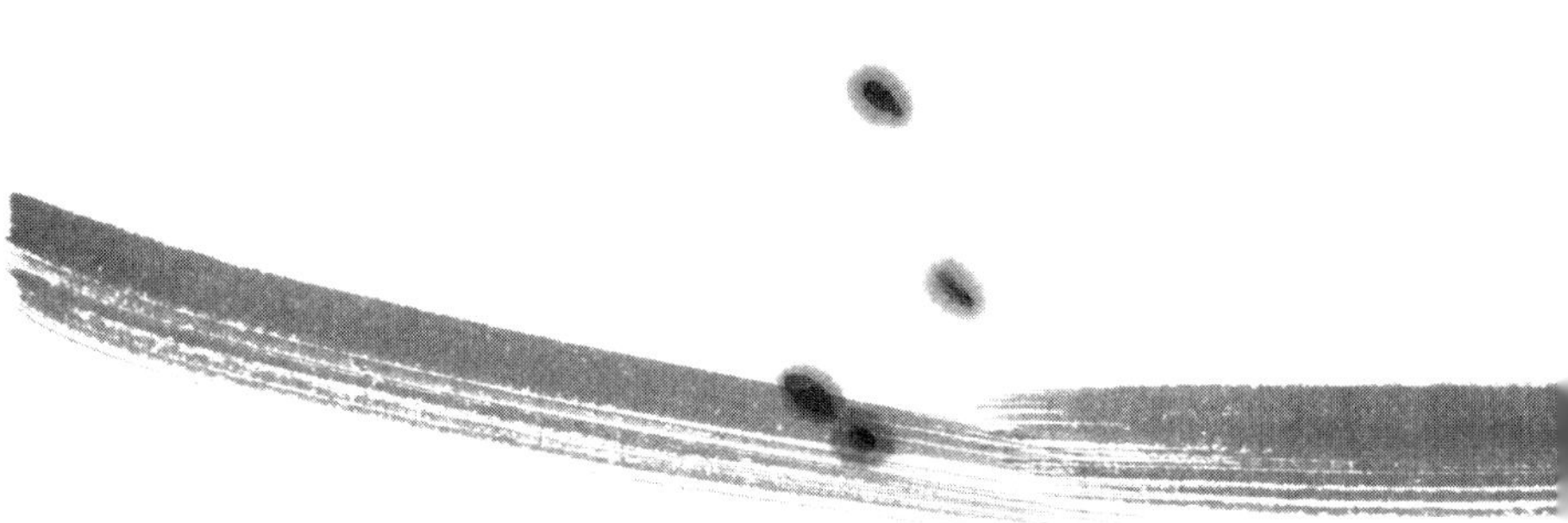

なんじゃもんじゃの花

——長崎県・対馬にて

初夏の海を見わたす
島の斜面いっぱいに
雪のつもったように
白い花が咲いた

晴れた日には
遠く　韓国をのぞむ
島の花は
いにしえより

この海を見てきた
邪馬台国《やまたいこく》へつづく
魏志倭人伝《ぎしわじんでん》の
たどった波路を
元寇《げんこう》に
ふみにじられた
この島と　さきもりたちを

今では
古代の集落も
古墳も　城塞も
遺跡公園となり

なんじゃもんじゃ
なんじゃもんじゃと
花々は
国境いの海の未来を
見つめている

＊なんじゃもんじゃの木＝国の天然記念物、ひとつばたご（モクセイ科）の別名。学名はラテン語でキオナントス（雪のように白い花）。四月下旬〜五月上旬に開花し、三千本の自生木のある対馬市鰐浦の山を真っ白に染めあげる。

風鐸《ふうたく》

去年買ってきた
中国みやげの風鐸

見なれない風景に
とまどっていたのか
夕風が　吹いても
赤い房が
ひと夏中
そよりとも　うごかなかった

軒先に　すっかり
忘れたままだったのに
季節はずれの　春あらしに
とつぜん　鳴りはじめた

古風な姿に似合わぬ
かろやかな　音色
はるばる　海をわたってきた
黄砂と　めぐりあって
はずんでいる

＊風鐸＝風鈴のこと

あらし

ゆんべ
まっくろなあらしが　荒れくるい
うなりをあげて
山をかけぬけていった

こっちの木立は　ねこそぎ倒され
むこうでは
幹のまんなかから　へし折られ

あんなに　ぎょうぎよく
並んでいた　杉の木が
谷間に　おしあい　へしあい
なだれこんでいる

ひしゃげた　杣《そま》小屋のかたわらで
じいやんは　だまりこくったまま
立ちつくしていた

せがれと　おない年の杉の木たち
そのせがれが
村を出ていってから何年になるのか

気がつくと
目の前に　すっくと立っている
実生の若木
山を見上げると
多くの木々は　ゆうゆうと並び
青くかがやいている

あらしに耐えた一本の若木
どこかで　しっかりと根を張る
せがれに見えてくる

じいやんは思わず
こぶしをにぎりしめた

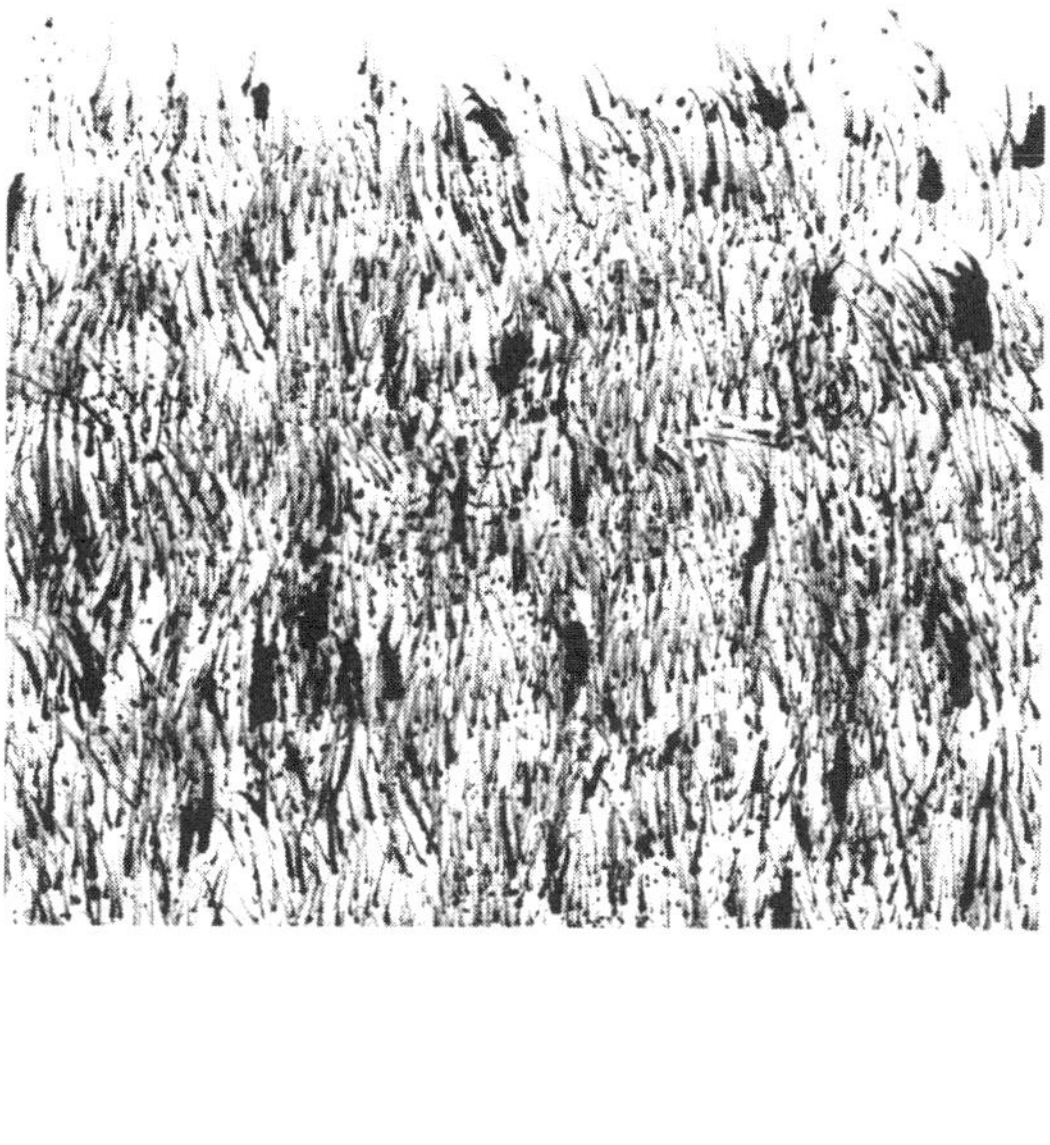

枕木の上を

山ゆりが　くっきりとうかぶ
草深い廃線のあと

水滴のおちる　トンネルをくぐりぬけ
列車のひびきの　さびついた枕木を
一歩　また一歩　ふみしめてあるく

むかし　この路を
大きいにいちゃんが
軍用列車にのせられて
軍港のある町へ　つれ去られ
二度と帰っては　こなかった

もっと遠い日
汽車を見に　つれてってくれて
けむりをはく　蒸気機関車に
目をみはった　幼いわたしを
ひと駅　のせてくれたことも

線路のない　枕木の上を
はるかな過去から
あるきつづけてきて
ゆりの　好きだった
大きいにいちゃんが
ふっと　うしろから
肩をたたきそうな　気がする

＊旧福知山線、武庫川沿い。
廃線あとはハイキングコースに。

醤《ひしお》の町

――和歌山県湯浅町

格子戸
虫籠窓
上げ床几《しょうぎ》の家並み

この町を訪れると
香ばしい匂いが
出迎えてくれる

あんどんや　のれんの

「こうじ」「金山寺味噌」
「醤油」の看板文字が
会釈を送ってくる

しにせの店の仕込み蔵には
壁や梁や　天井板に
何百年来の
酵母菌が住みついている
蔵は生きている
とあるじはいう

手づくりの　こだわりと
発祥の地の　ほこりが

町を　醸成してきた

コクのある家々
まろやかな人々
路地裏のすみずみまで
なつかしい匂いが
ただよっている

＊醤《ひしお》＝醤油や金山寺味噌などの発酵食品の総称。

くらがり峠

せまくて急な　坂道がつづく
はるかな歳月が越えた　峠道
石畳にのこる
人の世の　浮き沈みのあとを
浮き彫りにして　夕日がわたる

日が落ちて　峠がたそがれると
くらがりが
むかしむかしを　つれてくる

やみの奥に　魑魅魍魎《ちみもうりょう》がうごめき
役《えん》の行者《ぎょうじゃ》に捕らわれた
鬼の悲鳴が　夜空に尾をひく

くらがりばなしの夜があけて
あかつきに　うかびあがる
山の辺の句碑
刻まれた文字も　きわやかに
「菊の香に　くらがり登る
節句かな　芭蕉」と

かたわらに咲く
数輪の　黄色い花

俳聖の見た野菊が
いのちをつないできたのか
潮風にかおる　そのゆかしさ

――旧奈良街道・生駒越え（現国道三〇八号線）

＊役《えん》の行者《ぎょうじゃ》云々＝役《えん》の小角《おづぬ》が生駒山に修行した時、鬼を捕らえた伝説が、峠近くの慈光寺に残る。

＊芭蕉について＝松尾芭蕉のくらがり峠越えは一六九四年秋。のち大阪に赴き、ひと月後「旅に病んで夢は枯野をかけめぐる」と残し死去。

第三章

縄文のヴィーナス

——国宝　妊娠土偶

やさしい胸
おおらかな腰
はるかな　縄文の母

けなげさを　ひめた
小さな口もとに
やがて生まれてくる
いのちの　よろこびが

いつくしみに　みちた
まなざしの　かなたには
とわに　うけつがれゆく
いのちの　うた声が

八ヶ岳の
峰々を　あおぐ台地に
太古の時がたたずみ
生まれたばかりの
みどりの風が　そよいでいる

――茅野市尖石遺跡にて

＊縄文のヴィーナス＝昭和六十一年に発掘された五千年前の土偶。全長二七センチの完全な形で出土。平成七年、国宝に指定された。

湖の灯台

細い路地が
迷路のように　いりくみ
民家が　みずうみに沿って
肩を　ならべている

むかし
漁業や水運で　栄えた港町
人々が　にぎわしく
舟を漕ぎ出したであろう軒下の
色さびた石垣を

さざ波が　そっとたたく

水底の石の　ひとつひとつを
くっきりと　うきぼりにし
かえす波は
しずかに　ひろがって
さまざまな水の色を　かさねる

その沖合いを遠くのぞむ
湖岸の突端に
木造の　小さな灯台が立っている

かつて　湖上を行き交う舟人を

見守ってきた灯台
ランプの灯の　とだえたあとも
人々のこころに
あかりを　ともしてきた

水辺に
時間が　ゆっくりとながれ
ひとびとの　くらしの
やすらかな息づかいや　ぬくもりが
路地に　ただよっている

——滋賀県・堅田にて

天涯の花

――キレンゲショウマの花

四国
背骨のような峰々のなかの
「あかがねの山」
奥まった林に
その花は　今年も咲いた

「やま」は
かつて　多くの銅を産出し
三百年もの間

屈指の鉱山として栄えた
閉山あとの
緑深い自然のなかにのこる
れんが積みの　採鉱遺跡の数々

山道をたどると
鉱業にたずさわった
多くの人々や家族の暮らした
社宅や　小中学校や病院など
「山の町」の廃墟が
そこここに　うずくまっている

入り口に　神棚の残る
いくつもの坑道あと
鉄格子の奥にひびいた
槌うつ音も　いまはない

尾根を越え
ふもとにつづく「銅の道」
粗銅や生活物資を背に
けわしい道を上り下りした
人々の唄声が　凍りついている

静まり返る山
天涯に咲く　こがね色の花は

ひっそりと
「やま」のむかしを抱いて
はるかな　槌の音や唄声に
耳をかたむけている

——別子銅山遺跡にて

＊キレンゲショウマの花＝四国九州の高山に自生する
天然記念物。宮尾登美子著『天涯の花』で紹介される。

かずら橋

山深い峡谷にかかるつり橋
丸太の橋板を　蔓《かずら》で編みつらね
両岸の老大木に　重みを託し
清流を　はるか下に見て
風にゆれている

川をすこし　さかのぼったあたり
滝が　とうとうと流れ落ち
その先の　山の斜面に

しがみつくように　家々が建っている

むかし
平家落人の隠れ里　といわれた山里
追っ手が迫ったとき
切り落とすために
蔓で作ったと伝わる　つり橋

草深い　山の暮らしが往き来し
風説が　ひとり歩きして行った
秘境の秘橋

今では　訪なう人が　ひきもきらず

両岸の山藤が　淡い紫に華やぐ頃は
賑わしい日々がつづく

人影の途絶えた　満月の夜
上流の滝の音を縫って
かすかに流れてくる　平家琵琶の音

むせび泣くような
調べが聞こえるたび
川面に浮かんだ　かずら橋の影が
風もないのに　ゆれている

＊かずら橋＝四国、吉野川の上流祖谷川にかかる長さ四五メートルの吊橋。その上流にある滝の下で平家落人が、京の都を偲び、琵琶を奏でたと伝わる。

果無集落《はてなし》

けわしいのぼり坂がつづく
熊野大社への一すじの道
山深い峠に
苔むした石仏が迎える

はるか紀伊の山並みを
望みつつたどる石畳
かつて　蟻の熊野詣でといわれた
いにしえ人の
幾多の足音が伝わってくる

ほそぼそとした尾根道を行くと
いくつかの
民家の屋根が見えてくる

「天空の郷」とよばれる
果無峠の小さな集落
斜面にひろがる
黄金色に波うつ棚田

古道は　民家の庭先を通りぬける
広い縁側が
参詣者の　休息のために用意され

湧き水をひいた　水飲み場もあり
そばの生簀には　鯉が泳ぐ

その家に暮らす　ばあさんがいう
―わが家の軒先が
　世界遺産になろうとはのう

とりたての野菜を洗いながら
昔ながらの　古き良き暮らしなど
旅人との語り合いに
あたたかい　心がふれあう

くずれおちた

石積みの　のこる茶屋跡や
お堂の礎石が点在する　果無の
聖なる祈りの道すがら
咲き香る山百合が
行く夏を　見送っていた

＊紀伊半島の山深い十津川村（日本一広い村）を縦断している熊野古道小辺路《こへち》は、「紀伊山地の霊場と参詣道」として二〇〇四年世界遺産に登録された。果無集落は標高一〇〇〇メートル、果無山脈の峠にある小集落である。

まぼろしの布

カシャンコ　カシャン
たくみな手さばきが
手織機《ておりばた》をあやつる
いらくさの縦糸に　横糸をくぐらせ
まぼろしの布が　復元され
織りあがっていく

カシャン　カシャンコ
機音によりそって
むかしむかしが聞こえてくる

山里の　きびしい寒さに耐えるため
知恵をあつめ　男たちは
野山の草木の　皮をはぎ撚り合わせ
糸をつむぎ
女たちは布を織った　と

かつて東北の山あいに住む
媼《おうな》たちから聞いた
今は無き布

天然素材の
やさしさ強さに　織り込まれた

固いきずなと思いやり
助け合って　行きぬいた人々の
「結い」の心

いま
カシャンコ　カシャンコと
まぼろしの原始布《げんしふ》を
よみがえらせ
後の世に伝えようとする
結いの人たちがいた

――米沢市「原始布・古代織参考館」にて

＊原始布＝山形・新潟・福島の三ヶ所から出土した。古代織ともいう。
＊いらくさ＝山野に自生。繊維は糸や織物に。
＊結い＝人と人との繋がりを大切にし、結束し協力しあうこと。

道はいずこへ

――マチュピチュ・インカ道

断崖にきざまれた　ひとすじの道
つり橋をわたり
胸突き坂を　尾根にたどりつくと
失われた歴史が
るいるいと　横たわっていた

岩を組み重ねた神殿
肩をよせあう石積みの住居
急斜面を　よじのぼる段々畑

石造りの古都が
天空に　ねむりつづけている

聖なる峰に
豊穣と文明を培い
平和と繁栄を　もたらした
先人たちは　どこへ行ったのか

積み重ねられた石塊たちは
つめたく黙し
遺跡とともに掘りおこされた
何百年のいのりは
雲間をただよう

道は
石組みの門を　くぐって
さらにのぼり
峠のむこうの　山あいにかすむ
先人たちは　はるかその果てに
侵略に追われた身の
消息をゆだねたに　ちがいない

道のべに咲いた　インカの花が
遠い記憶に
花弁の真紅を　うるませている

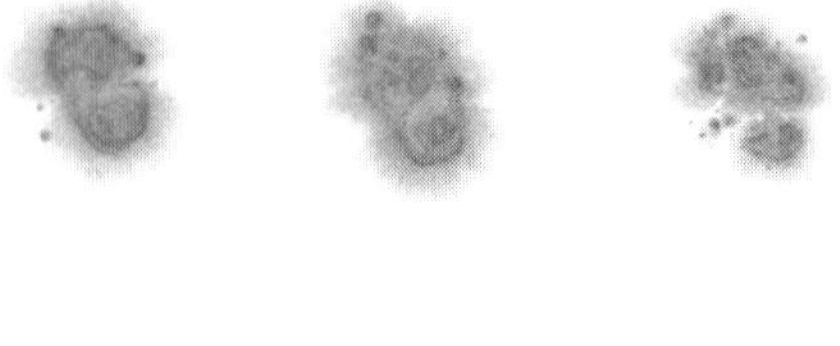

＊インカの花＝学名カントゥータ。
アンデス山脈の高地に咲くペルーの国花。

湖底の村

灰色の道が
たんたんと　つづく

ひしめき　せまる山ひだ
あしもとに
まんまんと　静まりかえる
みずうみ

その水底に
山里の家々が

沈んでいる　という
千年の　ひとびとの
暮らしやこころの
よりどころが　ねむっている

水のうえに
すがるように
手をのばしていた
木々の梢も　いつか
すがたを消した

山の秋は早い
水没した村から　移し植えられた

桜の老木が
紅く染めた葉を　はらはらと
湖面に散らし
むかしを　まさぐっている

満月の夜
家々や樹々の　霊たちが
浮き上がってくる
耳をすますと
老木のまわりの　水面に
かすかな　ざわめき

——飛騨白川谷・御母衣《みぼろ》ダム湖にて

わたしをひびかせて

西洋骨董品店のウィンドウを
ひとりじめにしている
古風なオルガン

アンティークな飾りのランプや
ねこあしの椅子など
入れかわり　売れていくなかで
店いちばんの　古顔になった

ほりきざまれた彫刻に

遠い異国でたどった
はるかな歳月が　にじんでいる

教会の　いのりに
つつまれたこともあった
教室の　こどもたちのうた声に
かこまれたことも

奏でる
きく
うたう
それぞれのこころを酔わせた
自慢の音色は　ねむっている

自分で弾けない　もどかしさ
古風なオルガンは　待っている
いま一度
ひびきあえる弾き手に
かがやきあえる　こどもたちに
めぐりあえないかと

落日

空が　あかね色
海は　こがね色
ひるとよるのあいだをいろどって
夕日がわたる

黒い島かげのうかぶ
鏡のような入り江に
小さなシルエットがゆれている

丸木舟だ

漕いでいるのは　はだかの少年で
肩に　やすをかついでいる

港町の宿で聞いた――
あの島には　縄文の遺跡がある
古代人は　丸木舟をあやつって
海の幸を　さがしもとめた　と

風景が
はるかな記憶を　たぐりよせたのか
見渡すかぎりの　夕映えにつつまれ
水平線に沈む太陽に
見とれている少年

この海には
太古からの時間が　漂っている

太陽がしずんだあとも
空と海は　もえつづけ
気がつくと
少年の丸木舟は消え
星のきらめく空があった

――九十九島にて

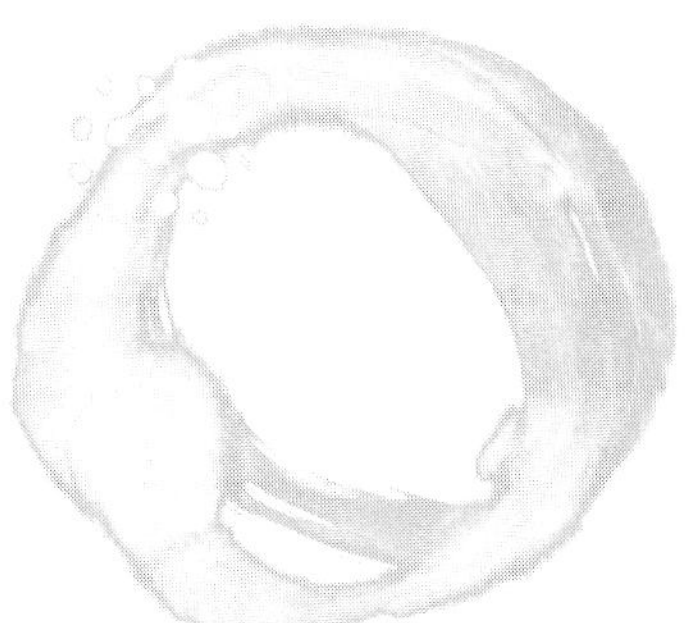

磨崖佛《まがいぶつ》

急峻な山腹に
そそり立つ　巨岩
彫り刻まれた
慈悲のおもざし

そのすがたかたちは
風化を超えて
岩肌に　とどまり
無限の時と　むかいあう

仏師のいのりは
天空を　かけめぐり
槌音は　いまにひびく

声明が　きこえる
じょうじょうと
地の底に

面影の宿場町

――兵庫県佐用町「平福」

ゆったりと流れる川沿いの
旧街道にならぶ古い町並み

連子窓や千本格子のある
町家が軒をつらね
宿場町の面影を残して
しずかに時を刻んでいる

往時

高瀬舟の水運で賑わった佐用川
土壁の川屋敷が並ぶ
昔ながらの川端風景を川面に映し
れんめんと流れつづけて
情趣を深めている

人々の暮らしの息遣いが
温もりになって伝わってくる町
ただ歩いていているだけで
こころが　なごんでくる

川のむこう
ひなびた山里の風景に不似合いな

大きな木造の駅舎が建っている
なかでは市が開かれているのか
売り声が　のんびりと聞こえてくる

駅のまわりにひろがる田んぼ
おたまじゃくしから
かえったばかりの蛙が
そこかしこにとび跳ね
いととんぼが肩にとまる

はじめて訪れた町なのに
歩くほどに　なつかしさを覚える

誠実であたたかな詩性

——藤井かなめ詩集に寄せる

野呂《のろ》　昶《さかん》

詩集『わたしをひびかせて』は、詩人の第二詩集である。第一詩集『あしたの風』は二〇〇八年三月発刊。その年のもっともすぐれた詩集に与えられる「三越左千夫少年詩賞」を受賞している。その内の一篇「千枚田」は、国語教科書に上載され、現在も掲載されつづけている。

詩人の誠実であたたかな対象へのまなざし、そこから生み出される清新で美しいポエジーに多くの読者が共感された結果といってよい。

このたびの詩集においても、自然や人間への洞察がより深く一語の中に結実、感動となって、私たち読者の胸にせまってくる。詩人の感性はさえている。

作品を見てみよう。

雪晴れの朝

門柱も
植え込みも
庭先の三輪車も
みんな白い夢をみて
ねむっている

淡雪の
わたぼうしの下で
梅のつぼみが
ひとり
目ざめようとしていた

おはよう
まぶたを　そっとあけて
一輪が
まぶしそうに
ほほえんだ

雪晴れの空に
ひかりの春の
やさしい　まなざし

門柱や植え込みの庭木、庭先の三輪車たちが見る白い夢とは、どんな夢であろう。
日々くり広げられる日常性の中の淡い楽しい夢の上に、白いあわ雪がぼうしのように乗っているのである。すぐ近くの梅の木には、花のつぼみが、同じくあわ雪のもとで目をさまそうとしている。と、梅の花の一輪が「おはよう」まぶたをそっとあけて、ほほえむのである。早春の雪の朝のなんとも爽やかな風景がみごとに活写されていて、秀逸である。

ゆきやなぎ

花冷えも
ふりかかる
花粉や　汚染も
つもる　うれいも
うっぷんも
みんな
いっきに　ふきあげた

風をゆすり
空に　こだまする
まっ白の　さけび

ゆきやなぎの木が、ある朝はっとするほどの鮮やかさで、花をつけた。純白のいっさの汚れを寄せつけない花。風をゆすり、空にこだまするかのようだ。詩人はそれを「まっ白のさけび」と表現している。なんと的確なすぐれた表現、詩語であろう。

縄文のヴィーナス――国宝　妊娠土偶

やさしい胸
おおらかな腰
はるかな　縄文の母

けなげさを　ひめた
小さな口もとに
やがて生まれてくる
いのちの　よろこびが

いつくしみに　みちた
まなざしの　かなたには

とわに　うけつがれゆく
いのちの　うた声が

八ヶ岳の
峰々を　あおぐ台地に
太古の時がたたずみ
生まれたばかりの
みどりの風が　そよいでいる

八ヶ岳山麓の縄文遺跡には、私もいく度か出かけ、土偶や土器の力強く清純な美しさに心震わせたことがある。約五千年前の造形といわれるこの土偶の前に立ち、ただ絶句して眺め入ったことを、昨日のことのように思い出した。「やさしい胸／おおらかな腰／はるかな　縄文の母」。この詩句にあるように、縄文のヴィーナスは、力強く、やさしく、あたたかく、見る者を母の胸に包み込むような雰囲気がある。

いつくしみに　みちた
まなざしの　かなたには

とわに　うけつがれゆく
　いのちの　うた声が

生命を生み、育て、いつくしむ永久不変の母の愛、その原点がしっかりと土偶に刻みこまれている。詩人の目は鋭く時間を透徹している。五千年の時空を超えて、そのまなざしは、今に生きる私達にもとどいているのである。

八ヶ岳の
峰々を　あおぐ台地に
太古の時がたたずみ
生まれたばかりの
みどりの風が　そよいでいる

終句のこの表現も、八ヶ岳縄文遺跡の情景を、いきいきと活写し、今そこにあるかのように、私達読者の前にせまってくる。

道はいずこへ ――マチュピチュ・インカ道

断崖にきざまれた　ひとすじの道
つり橋をわたり
胸突き坂を　尾根にたどりつくと
失われた歴史が
るいるいと　横たわっていた

岩を組み重ねた神殿
肩をよせあう石積みの住居
急斜面を　よじのぼる段々畑
石造りの古都が
天空に　ねむりつづけている

聖なる峰に
豊穣と文明を培い
平和と繁栄を　もたらした
先人たちは　どこへ行ったのか

積み重ねられた石塊たちは
つめたく黙し
遺跡とともに掘りおこされた
何百年のいのりは
雲間をただよう

道は
石組みの門を　くぐって
さらにのぼり
峠のむこうの　山あいにかすむ
先人たちは　はるかその果てに
侵略に追われた身の
消息をゆだねたに　ちがいない

道のべに咲いた　インカの花が
遠い記憶に
花弁の真紅を　うるませている

この作品は、ペルーのインカの遺跡を訪ねた時の感想である。険しいアンデス山脈の高地に築かれた石積みの神殿や住居、今はもう人は住まないが、数百年前までは、人々でにぎわう古都があったのである。

豊穣と文明を培い
平和と繁栄を　もたらした
先人たちは　どこへ行ったのか

積み重ねられた石塊たちは
つめたく黙し

もうなにも語らない、しかし、詩人の頭の中では、繁栄をほこるインカの都市の姿がありありと浮かび上がっているのである。家の石組みや石畳、神殿のくずれた門の遺跡が、往時の姿によみがえり、行きかう人々の声までも聞こえてくる。しかし、それは一瞬で、そのあとは、荒涼とした石の遺跡が広がっているばかりである。その荒涼の景色は、詩人の心の景色でもあるであろう。

詩人は旅にあこがれ、旅を棲み家としているが、旅は孤独と寂寥を友としている。

道のべに咲いた　インカの花が
遠い記憶に
花弁の真紅を　うるませている

この詩句のインカの花は、詩人その人の姿でもある。

詩を書くということは、身のまわりの自然や社会生活を通して、美と真実を求める営為である。しかも、今までだれも発見できなかった清新な詩性、清新な言葉でその感動を表現する。その表現が確かなリアリティをもっているとき、その作品は、大きな感動となって私達の胸を打ってくる。詩人は、詩を書きはじめて数十年、常にそうした詩的求道の道を歩いてこられた。このたびの詩集も又、その成果といってよい。
この詩集が多くの詩を愛する人々に読まれることを祈っている。

あとがき

一作目につづいて、この二作目の詩集も、詩人の野呂昶先生のおすすめをいただきました。思いおこせば、先生にはじめて詩の創作を教わってから二十五年、常々御指導をいただき、詩を作る楽しみとはげみを、生涯もちつづけていこうと思うようになりました。

感受性や創造力は老化をすすめていますが、今後も自然や人々の暮らしの移り変わりを見つめつつ、精進してまいりたいと思います。

詩人野呂先生には、このたびの詩集出版について、一方ならぬお世話になり、厚く御礼申しあげます。

また、竹林館社長の左子真由美様にも種々御鞭撻をいただき有難うございました。

令和二年九月　　藤井かなめ

藤井 かなめ（ふじい かなめ）

1932年生まれ、京都市出身。高槻市在住。
「ポエムの森」同人
「けやきの会」（水彩画）同人

著書　詩集『あしたの風』（第13回 三越左千夫少年詩賞受賞）

詩集 **わたしをひびかせて**

2020年8月20日　第1刷発行

著　　者　藤井かなめ
発 行 人　左子真由美
発 行 所　㈱竹林館
〒530-0044　大阪市北区東天満2-9-4　千代田ビル東館7階FG
Tel　06-4801-6111　Fax　06-4801-6112
郵便振替　00980-9-44593　URL http://www.chikurinkan.co.jp
印刷・製本　モリモト印刷株式会社
〒162-0813　東京都新宿区東五軒町3-19

ISBN978-4-86000-436-1　C0092